U0467855

凯风自南

张孟楷 著

罗源飞仙岩（半夏 摄）

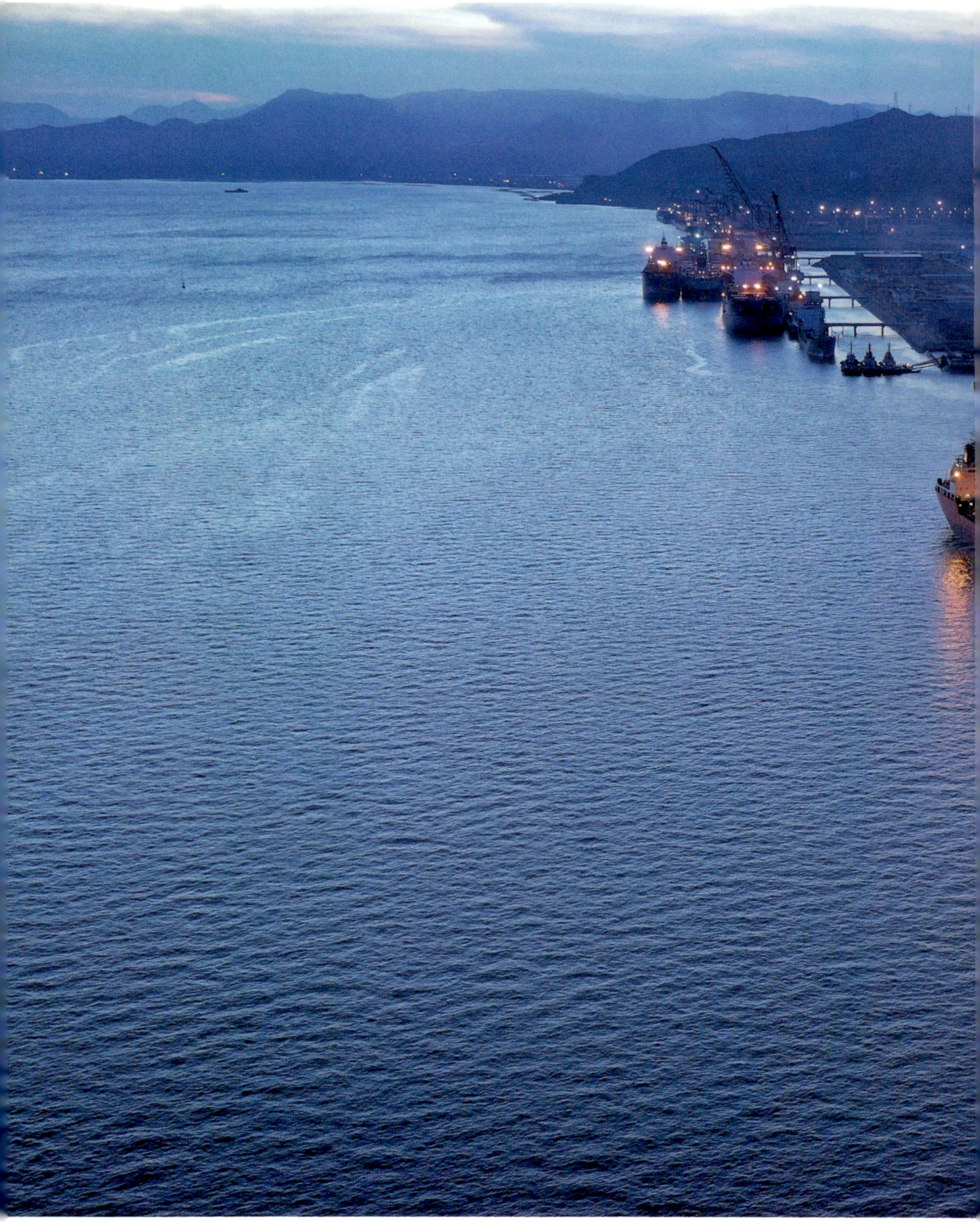

罗源湾码头（半夏 摄）

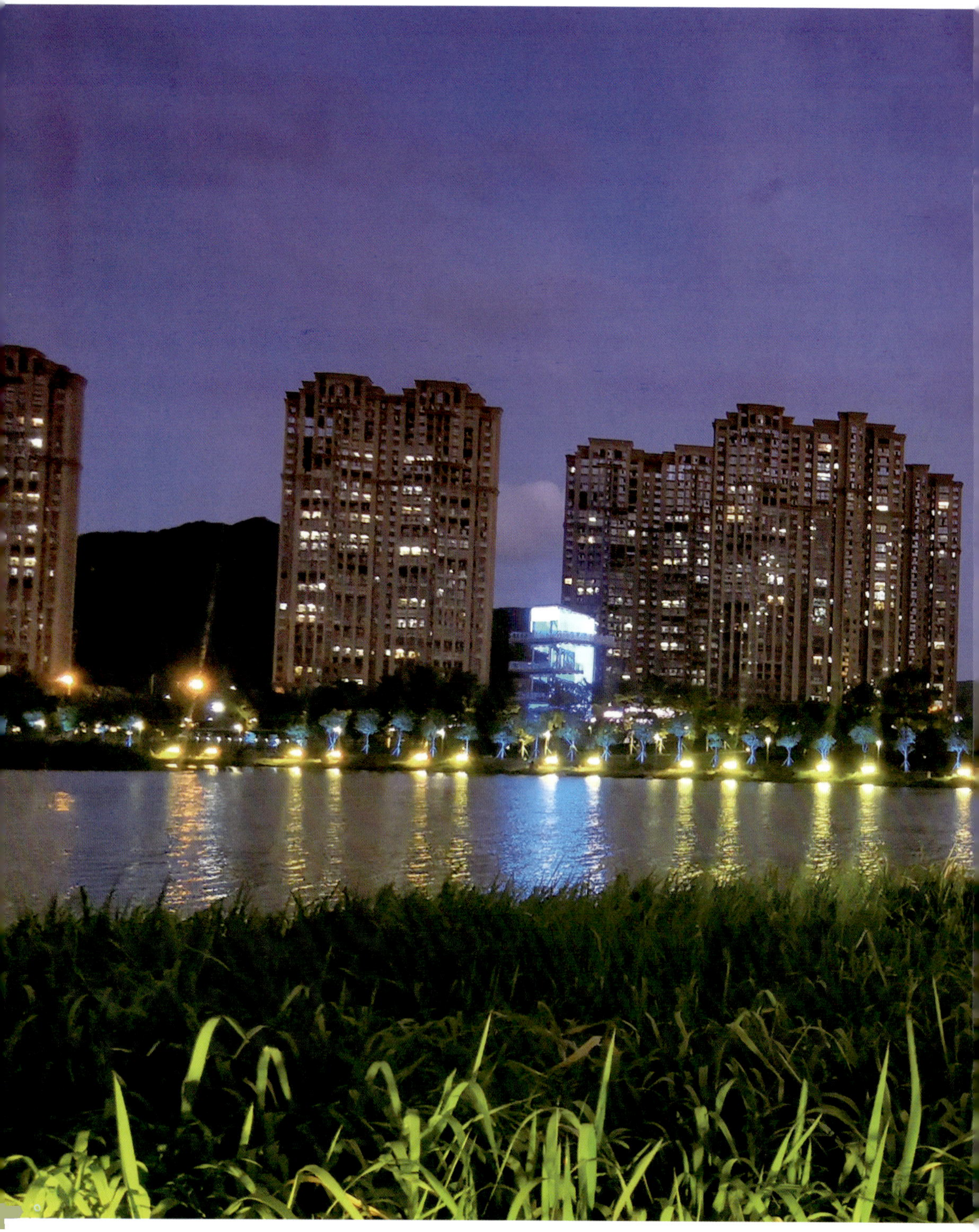

福清市观音埔大桥（黄勇 摄）

攀登（黄勇 作）

目录

写一首诗   1

今夜，若同行   2

自嘲   3

族谱   4

爷爷   5

奶奶   6

父亲的理想   7

母亲   9

盛放的雪莲花   10

妻子   11

和爷爷奶奶一起过大年   12

二叔   13

三叔   14

大姑   15

小姑   16

二弟   17

三弟   18

过夜   19

全家福   20

过年	21
迎春	22
走进三月	23
种子爆裂的声音	24
故乡的春天	25
探访春天	26
癸卯之春	27
春天的风	28
叩问春天	29
在鸟鸣声里倾听春天	30
春天	31
春天里	32
春夜品茗	33
清明(一)	34
清明(二)	35
暮春曲	36
初夏	37
盛夏	38
夏日赞歌	39
立夏	40
夏至	41
端午随想	42
夏雨(一)	43
夏雨(二)	44
盛夏之歌	45
夏之诗	46

无垠夜空里的七夕	48
秋日晨语	49
秋日帖	50
同一夕阳下	51
融城秋日	52
明月	53
迎秋	54
落叶	55
秋天里	56
入秋记	57
秋分	58
叶落归根	59
中秋月圆	60
中秋追月	61
秋思	62
重阳	63
今又重阳念万千	64
深秋	65
啊，秋天	66
秋月	67
拥抱秋日	68
月亮之上	69
落叶飘零的晚秋	70
没有雪的冬天	71
冬至	72
小雪	73

大雪	74
冬天来了，春天还会远吗	75
日记	76
偶得	77
路过那个村庄	78
醉了夕阳	79
拥抱石竹山	80
哦，老君山	81
本能	82
老家门前的板栗树	83
体检	84
摘下眼镜	85
喝茶	86
劳动者之歌	87
戒指	88
桃子	89
鱼缸里的鱼	90
致童年朋友	91
乡愁	92
流年	93
天气预报	94
标本	95
故乡的夜空	96
年	97
斑马线	98
鸟儿	99

哦，福清	100
日落炊烟里	102
奶奶	103
七一我想对党说	105
儿童节忆童年	107
石竹山	108
明月我想对你说	109
泥土的味道	110
花开花谢	111
童年	112
致交通执法人	113
致脱贫攻坚上的交通人	114
路	116
仙乐童声	117
一纸月色	118
方圆	119
借力	120
凯风自南	121
动车	122
致友人彭兄	123
朋友	124
我喜欢	125
当我老了	126
我的家	127
稻草人	129
隐入尘烟	130

背影	131
望故乡	132
榜样的力量	133
二娃	134
烟雨中的记忆	136
我为香港写首诗	137
也谈人生	138
书法	139
祖房	140
老家	141
故乡的那一枚红叶	142
后记	143

写一首诗

写一首诗与往事干杯
忆往昔峥嵘岁月
看人生成败得失
摘一朵云彩,乘风而去

写一首诗跟今天问好
珍惜今天的美好时光
与三五好友,品茗论道
携手妻女,享人间烟火
摘星捧月
坐看世间繁华

写一首诗和明天招手致意
淡泊名利,宁静致远
在同一太阳下
齐家追日,游遍山山水水

今夜，若同行

暮春之雨　匆匆上阵
不打招呼　不大不小
从中午到晚上
滋润花花草草
山峦　河流　田地
雨水铿锵有力　滴滴落在湖面
泛起阵阵涟漪

今夜，若同行
我欲乘风远行　在西子湖畔
听　南屏晚钟　曲院风荷
观　雷峰西照　三潭印月
我欲驱车从灵魂深处出发
渡过舟山朱家尖
在南普陀　观音大师前
与您双手合十　倾听佛音袅袅

今夜，若同行
我将摒弃　贪嗔痴
戒定慧后，九九归一
来一场断舍离的旅程

自嘲

小时候抓周抓了一支笔
长大后抓笔抓了十多年
比如用笔写诗写词
比如持毛笔临摹羲之书法

扔下笔,我也学李白对影三人
偶尔也拍拍胸脯,与富翁比情怀
虽然自己只是一个"负翁"
但笔却说,乌托邦世界远胜富翁

族谱

我的祖先
张挥　少昊之子　黄帝之后
居清河，发明弓箭

如今，我携带着
他们的姓氏和基因
努力做一个
令他们骄傲的后人

爷爷

你出生于韦陀护法诞辰日

造就了你的侠肝义胆

神仙用三十六变,七十二变渡化众生

而你用上山采草药

救苦,教化村民

救人不留名,每每获邻里赞誉

一条扁担挑起一个家

一身正气反把吃亏带回家

奶奶说着吃亏是福

选择了一无所有的你

五行缺金缺木的你

而今金木不缺,儿孙满堂

奶奶

岁月把奶奶的背压驼了
生活的辛酸把耳朵浸泡出茧来
奶奶老了，有些痴呆
话不多的她，每次回老家
老问："饭吃了没有？"
从之前的五次到十次、十五次

眼睛模糊了，头发倒不白
奶奶没有老
几十年素食的她
乐于与佛陀为伴
每天晨晚给佛陀请安
与佛陀比慈悲
不识字的她，竟能熟背经书

父亲的理想

（一）

父亲是农民
农民中普通一员
种出的地瓜稍大，芋头稍大
种出的西瓜更甜，花菜更白

父亲的婚姻是长辈约定
在那个有上顿没下顿的年代
父母的爱情
拌在柴米油盐中，萌芽成长
忠诚的父亲一辈子
只选择一个母亲

父亲与爷爷共同扛起七口之家
养猪拔兔草，带弟弟妹妹
干农活，日出而作日落而息
彼时，地瓜、芋头、西瓜、花菜、水稻
是父亲的全部

（二）

父亲累了
想休息，休息
别离之际终于说出了理想

父亲说子女中，如果
有人是学习的好材料
就是砸锅卖铁
都必须供他

带着无限的期许
父亲皈依佛门
三十多年潜心修行
他用佛法教导着他的子孙

每次我到寺院参禅悟道
当木鱼的声音穿过袅袅的轻烟
心中学习的欲望
都一次次升腾
仿佛读懂父亲的理想

母亲

生而为大
一生颠沛流离
一生与病魔抗争
一生幸运，育儿三人
一生不幸，居无定所
——到老方定居一隅

生儿未育儿
记得你煮的白蛋味道
还有我做错事后
你追赶的脚步声

当乡邻的责骂声渐渐模糊
你带着委屈与沧桑，疲惫
以及岁月的刀痕
重回乡村
瞬间，张陈两家的纠结
烟消云散

盛放的雪莲花

你是探索者，年逾古稀
仍，肩挑重担不辞辛劳
只为了，找寻心中的太阳
年方十八投笔从戎，南征北战数十载
为西藏铁路建设，献出青春年华

英姿飒爽，护送独臂将军
参加"三线"建设
辗转京春成三地，十一个月
只为了坚守
心中那朵盛放的雪莲花

三十周年，国庆大阅兵
荣幸进京接受检阅
迎接你的是无数的鲜花和掌声

铁道兵，你一生的荣耀
今向您深深地致敬
我的泰山大人

（京春成指北京昆明成都）

妻子

未成家那会儿
占卜先生说
你是我的天乙贵人

转眼已不惑之年
家里家外,你是一把手
虽谈不上什么贵人

但是你把家
打理得井井有条
从一无所有到步入小康

漫漫人生路
愿你我执子之手
与子偕老

和爷爷奶奶一起过大年

1

我把时光扳回
和爷爷奶奶一起过大年
绿水青山伴着袅袅炊烟
小黄狗、小花猫
在暖阳下陶醉，我归来的幸福

爷爷置办年货
劈柴、囤兔草、贴春联
奶奶在柴火灶的大锅里翻炒
我儿时的快乐

不远处，三五个孩童
描绘着各自的蓝图
在阵阵的鞭炮声中
把年催到了家门口

2

年轻的妈妈与爸爸
一个包饺子，一个擀饺皮
咯咯的笑声此起彼伏

夜幕下，农田、溪流、绿茶树，依次排列
黄狗、花猫、水牛各自呢喃低语
爷爷似在巡检，奶奶的故事从头讲起
我们在欢乐中过了一年又一年

二叔

您而立之年挑重担

小学校长岗位

事无巨细，兢兢业业

三十载春秋

扎身偏远乡村教书育人

三十载风雨兼程

三十载人生坎坷路

您崇尚节俭，常说俭以养德

多年来骑两轮摩托车

行遍辖区山山水水

您桃李满园却严于律己

私事从不求人，您说您在

经营一个伟大的事业

县希望小学

您一干到底一直到退休

您说那是一片热土

那里处处洋溢着勃勃的生机

为了这片热土

您放弃了最引以为豪的撇捺横竖创作

哪怕只剩下为数不多的学生

也要播撒希望的种子

三叔

你属兔温和敏捷沉着
你豪爽端起酒杯利索
你有才从不恃才傲物
你冷静处事沉着干练
你指引乡亲脱贫致富
你带领集体迎难而上

年少轻狂你逐梦韩城
凤城成家你勇挑重担
不惑之年你辗转连江
学样有样你术业专精
铺路造桥你功德无量
忠于职守你平淡一笑

知命之年你安家于榕
忆苦思甜你默默奉献
领衔群英你调兵遣将
不为追逐那功名利禄
只为逐梦人生志坚守

大姑

大姑是长女,婚姻是长辈的约定
爱学习的她,牺牲自己的前程
照亮了弟、妹的人生

大姑发誓要让儿女成才
把表弟送出了国门深造
把两表妹培养成了贤妻良母

大姑说,世上无难事只怕有心人
现在她又自学成才
硬是把豆大的汉字
生生地吃到了肚子里
以前不认字的她
已经熟读唐诗一百首

小姑

礼佛的姑姑是那么的幸福
双手合十
口中念叨着阿弥陀佛
心无杂念
向往着梦中的喜乐世界

礼佛的姑姑两鬓微白
素食慈祥，与人为善
百善孝为先
她是爷爷奶奶身边的小棉袄
呼之即来，挥之即去

礼佛的姑姑
吃的是草挤出来的是奶
严于律己，忠于职守
抚育孩子，培养近亲，津津乐道

礼佛的姑姑已信佛多年
今夜遥想着她那慈善的面容
途步的姿态，打坐的模样
俨然已成了那尊佛陀

二弟

从警二十余年
违法　违章　不平事
把他身体在 24 小时内
不规则地工作与生活

五年看守所，六年交警队
七年基层所的熏陶
练就了一双火眼金睛

现在他是一名老警员
飒爽的姿态，自信的模样
还有那党徽折射出的光芒
让心虚的人见了，都会在火眼金睛下
见山则山，见水则水

三弟

小时抓周抓了算盘
长大后用算盘、称
称人生

能把一分钱掰两半花
能把利润精确　细做
能够做到处处是风景
遍地有商机

过夜

童年到亲戚家过夜
三兄弟，欣喜若狂
是寒暑假乐事

逢春节，表弟表妹
会穿上新衣到爷爷奶奶家串门
杯酒论英雄，席地而眠

成家立业后
表弟旅居海外，表妹忙于事业
二弟从警、三弟经商
今夜，我一人与诗为伍
回味，过夜点滴
没有兴奋没有孤单

全家福

春节前翻到旧相册

看到一张全家福

爸爸抱着堂妹

神态悠闲，目光坚毅

我站在爸爸妈妈后面，嘴角上扬

二弟神情专注，三弟开怀大笑

我仿佛回到童年

那时候，食不果腹

然有父母陪伴，苦亦甜

全家福仅一张

望着四周泛黄的相片

那个艰难的岁月

在我记忆中闪现

远去的家严

扛大旗、挖地瓜、拔兔草、种大粮

与人为善，团结邻里

已届不惑年的我——今天

似乎感受到父亲

那眼神里的那份力量

过年

在期待中,在鞭炮的轰鸣声中
款款地走来,年
在动车站、机场、高速公路
在红红的灯笼里
在红红的春联里
在热气腾腾的年夜饭里

年来了
学子用毅力、恒心与智慧
交上满意的答卷

年悄悄地来,带来春风,春雨
黄河长江暗暗涌动,黄山长城重换新装
在旅客的返程中
在祝福声声中
年悄悄地渐行渐远

迎春

大地悄悄地换上绿装

在这个寂静的春天里

冰雪消融，溪水欢唱

春天不急不慢地

从南到北，从西到东

登临神州大地

学子归乡，游子重回故里

阵阵鞭炮声，唱响春的序曲

把年催到了家门口

走进三月

走进阳春　走进三月

蜂蝶绕花　杨柳依依

农民接过种子

播下春天的希望

走进三月　迈开步伐

前方道路　纵然崎岖

学童执笔　描写美好的蓝图

朗朗读书声　响彻校园

走进三月　春雨绵绵

早起的人儿

为了美好生活

辛勤耕耘

编织着一个又一个美梦

种子爆裂的声音

春到人间,花红柳嫩

燕子啄新泥,喜鹊闹枝头

春雨如油,滴滴似金

春雨如甘泉般

落入菜农的心坎

雨后春笋,挺出层土

采茶女轻步茶树间

哼着小曲儿,采下新春的祝福

树林重换新装

枯叶辗转了一冬

迎来叶子下的种子

萌芽,萌芽——再萌芽

直至发出种子爆裂的声音

振聋发聩

故乡的春天

搭载生命列车四十多个春秋
沿途的风景，如画如歌
阳春三月，融城大地
焕发勃勃生机
石竹山石竹湖，相映成趣
迎接着八方来宾
祈梦者，来来去去
为了追求美好的生活

我紧随人群，拾阶而上
在一尊佛前，作揖
瞬间
那一缕青烟，将我带入
百把公里之外的故乡
在罗源圣水寺里
年轻时候的奶奶　牵着我的手
在观音阁前，双手合十
在故乡的春天里，年复一年

探访春天

拜访蓝天白云
我在碧空下探访春天
有鸟儿欢唱，鱼戏龙江
石竹山换重装上阵
观石竹湖水青青

在蓝天白云下
动车疾驰，机鸣轰隆
我坐上云端
在诗中把春天尽情舞动
风吹草舞，雷鸣雨贵

癸卯之春

春季

春天用贵如油的雨水，敲醒沉睡的大地
春天用那绿色的大衣把地球裹醒
当我还未尝遍你的味道，你却悄然远去

春雨

是什么让你如此的美好
是地球，是太阳，是月亮
让你如此的沉醉与朦胧

春风

那一夜的春风，吹绿了田野
那一天的春风，吹醒了大地
春风在诗中发芽成长，直至我沉迷不醒

春天的风

春天到、春天到
春天的风,不急不慢
吹拂嫩柳,和着乡村泥土的气息
款款而来

风儿轻轻,鸟儿啭啭
春天的风,轻触按钮
乡村田野渐渐喧闹
村民开始新的征程

一年复始,万象更新
春天的风,不热不躁
偶携雷神,雨神
吸收日月精华
吹绿神州大地

叩问春天

春天悄悄地来临
春寒料峭，冬去春来
严寒终抵不过
种子地生长
在极限冷的时候
嫩芽，一蹦而出

春天悄悄地到来
花儿开放，莺啼柳绿
春天以，春之味
装饰着大地
冰雪融化，泉水叮咚

春天悄悄地到来
华夏大地，焕发出勃勃生机
复工复产的民众
脱下口罩，行色匆匆

在鸟鸣声里倾听春天

春晨,春雨绵绵
我在鸟鸣声里倾听春天
鸟儿轻唱,唤醒沉睡的娃娃
春天在雨水地敲击声里款款而来
满山遍野的绿
嫩柳舒身,茶树摆枝

夜里,直逼骨髓的寒风刮个不停
寒风下,小区草丛中突然蹦出几只猫儿
探头探脑,行色匆匆
春又一次与寒冷较量后
已翻山越岭

春天

今年春天,在与冬开战的方式
降临人间,降温、降温再降温
连绵的阴雨把天空拉到面前

在决胜冬天后
春暖花开百鸟争鸣
天宝坡上的流水开始欢唱
鱼儿嬉戏在江间

春天,又回到了诗中
我看着她从屋里走出
月亮爬上枝头洒向远方
阵阵孩童欢呼声在月下
此起彼伏

春天里

春天里，小草疯长
田地又绿了一回
春日暖阳的午后
电话那头，又一位旧人撒手人间

春天里，大地倾听人间呐喊
时光机碾过人间后
留下重重的印痕，在春风里呜咽

春夜品茗

雨下了很久
烧水，泡茶
倾听鱼缸里冒出的气泡
和自己呼吸与心跳

一阵门铃突然响起
快递小哥手里提着外卖
我拍拍脑袋，他淋了一身雨

我抓起茶杯一饮而尽
以春夜品茗的方式致歉

清明（一）

清明日，人间与天堂
在节日里架起了一座天桥
在人间的人，翻山斩棘
只为与故人
叙旧、品酒、点烟

在天堂的亲人
一切顺利，潜心修行
静观人间烟火
聆听爆竹声声

在人间的人们
或哭或笑，或悲或喜
或为名，或为利
朝着终点奔跑

清明（二）

神民与人间对话的节日

神圣、肃穆、庄重

每年的 4 月 5 日

不早不迟

这一天人们可以

到山上与逝去的亲人

叙旧、谈心

这一天阴阳两隔的人们

可以在梦中互诉衷肠

逝去的人，已然远去

活的人，肩负使命生生不息

暮春曲

布谷鸟的叫声
唱响夏的征程
晨跑打卡的人儿
校园晨读的娃儿
在慢慢地揭下夏的面纱

一场雨水后
天气温度更加稳定
躁动的季节
躁动的人儿　开始
规划五一出行路线

一场梦在这个夏季里
慢慢地舒醒
在阵阵鞭炮声与卡车轰鸣声中
远路渐渐清晰
春渐行渐远

初夏

花儿竞相开放
怕错过了节气
公园、竹林,鸟鸣声此起彼伏

春夏秋冬,四季更替
吾独爱夏的
热情和奔放

夏如人之青壮年
不惧任何艰难险阻
不畏将来
只有使不完的劲
愿你我人生如夏绚烂

盛夏

把四季剖成两半
盛夏把热高高托起
太阳　灼烧大地
直至海枯石烂

期待子夜地到来
月亮多么的温柔　多么的明亮
星星眨着双眼
眺望着地球上的人儿

沉浸在梦中的人们
或醒或梦，或哭或笑
慢慢地将躯体
折腾到人生终点
美梦醒来，一切如常
夏渐行渐远

夏日赞歌

清晨　第一缕阳光
唤起熟睡的人们
午后夏日将
土地拉长　烤焦　搅拌
把影子扯短
布谷鸟叫声划过层林
蝉鸣一浪胜一浪
望眼探寻却难见蝉翼

月上枝头
蛮歌隐丛间
一阵风吹过脸颊
我屏息　屏息
深深地　呼吸　呼吸
风凉爽了心田

立夏

蛙声阵阵，划破长空
广场舞者婷婷
和着歌声，唱出夏日狂欢

我与夏日亲吻
月光下在泳池里，舞动四肢
倾听血液循环的颤动
屏息聆听骨骼舒展地欢叫

城市与乡村，渐渐地躁动
伸手触摸太阳的灼热
臃肿的身体似乎有了觉悟
经历过一年春夏秋冬
今年夏季愈发得浓烈

夏至

劈开层层云雾

用戊土把壬水阻隔

迎来夏日的太阳

让金生水，水生木，木生火

从此以后五行顺畅

夏开始莅临神州大地

日出日落，太阳拨开云雾

重返人间，三昧真火

再一次把瘟神驱尽

离中虚，离卦始

东方主木，日出东方，木生火

东方巨龙腾飞正当时

端午随想

今夜遥望星空无际

繁星点点

那是屈子深沉的双眸

一轮明月　斜挂空中

那是屈子发出的光环

今夜无眠

我想跨越两千多年时光

与屈子彻夜畅聊

我想对你说

你的气魄与力量

无人能比　令晚辈们心服口服

我想对你说

你的勇气与行动

感动了一代又一代国人

屈子，中华民族屹立不倒之魂

夏雨（一）

在宇宙排序中
夏雨悄悄地来临
有时夹雷　有时倾情
辛丑之夏　玉融
处处迎接你的变化

来吧　来吧
不管你怎么　怎么
我们都做好了准备
龙江天宝陂　东张石竹湖
正以更大的优势
迎接你　欢迎你

夏雨无计可施
落入小城的山山水水
融入　高层建筑
融入　熟睡的心田

夏雨（二）

来也匆匆，去亦匆匆
带来了丝丝凉意
却带不走忧愁

夏雨
伴着轰轰的雷声
划过天空的闪电
来势汹汹
电闪雷鸣之后
肆虐大地河山

夏雨说，我想下就下
你们谁也无法阻挡
我的步伐
你对我好我就如甘露
你对我不好我亦兴风作浪

盛夏之歌

踩着子夜的风,与盛夏握手
盛夏把热情尽情发挥

午后,太阳紧紧地把地球捆绑
人们借空调把灼热驱赶
赶走窒息的气息

午后,窗外知了鸣声阵阵
空调外机的轰鸣声
伴随着卡车的轰鸣声
共同演奏盛夏的狂热之歌

夏之诗

1. 外婆的澎湖湾

蛙鸣与夜场唱遍子夜

阵阵舞曲伴着烧烤味

诠释着夏天的狂热

台风与暴雨是你的专利

夏在一次次地洗礼中

愈发的坚定与坚强

太阳的灼热，又一次燃烧赤道

灼热过后，清风徐徐，水波荡漾

一轮明月悬于夜空

外婆的澎湖湾让人神往

2. 狂欢之歌

啤酒、冰激凌、泳池

呢喃声、儿童、戏水者

在夏日里抢占封面

午后的鼾声与夜场的欢呼声

暴雨的节奏与狂风的碰撞声

一年又一年共同演奏

夏日的狂欢之歌

3. 蝉鸣

似乎在向世人诉说着
岁月地洗礼与人间的沧桑
一声比一声高

知了，知了
仿佛什么都知道
又什么都不知道
比如那莘莘学子

比如那夜灯下写诗的人

无垠夜空里的七夕

一轮半月
镶嵌无垠夜空
七夕喜鹊为牛郎织女搭成
四周繁星闪烁桥

星空下的天地间
不断演绎着梁山伯与祝英台
生生世世

漫步侨乡万达广场
就像漫步无垠夜空的七夕
花团锦簇与人声鼎沸像尘世的银河
成双成对的情侣
在天地间闪出欢声笑语
星空下的石竹湖　石竹山
静静地倾听一代又一代
玉融儿女的爱情故事

秋日晨语

晨起,窗外鸟鸣啾啾

和着那犬吠鸡鸣

和

汽车轰鸣声,在歌唱着

绿水青山就是金山银山

登石竹山望远

玉融大地,高楼林立阡陌纵横

唯石竹湖在静静地倾听

世事的沧桑

秋日帖

秋天把稻谷炒黄

把麦穗的头压低

秋风所到之处,一片喜悦

风吹麦浪,新农民正收割成果

渔民迎着秋风

张张大网,网上丰收

秋天夕阳下,晚霞欲与天公比高低

我追赶夕阳,写下一句句诗行

1982年的秋季日,夕阳西下

——在生我、养我的乡村稻田里

父亲与母亲边脚踩打稻机

边与我比赛写诗的收获

同一夕阳下

秋日阳光正好
夕阳下罗川大地光彩夺目
公交车徐徐向前
交织着小车　两轮　行人
熙熙攘攘

校园门口人流如织
孩童蹦跳着　轻哼曲儿
街道两旁绿树掩映
交通协管员的哨声
麦芽糖的叫卖声
由远及近

一个小时前
我还待融城抱着二娃
在同一夕阳下　我对自己说

融城秋日

秋叶纷飞带走了纷扰

晶莹晨露诉说着

融城过往的辉煌

指明了拼搏争光的方向

玉融大地

农户们喜上眉梢

沉甸甸的龙眼在挥手致意

三华农业的果园里

芭乐正探头探脑

夜幕降临　华灯初上

玉融山栈道　龙江公园

侨民信步闲庭

畅谈着致富之梦和强国之路

明月

那一轮明月

忽远忽近,高挂于夜空

无论身处何方

总在伴随着游子前行

不离不弃

弯月如钩,勾起了童年回忆

外婆的澎湖湾,令人神往不已

迎秋

铺开宣纸,把秋喊来
清风明月与知了
让秋在纸上尽情

牵女儿的手走进秋天
一起捕风追月听蝉

金黄与收获,麦穗与收割机
在农民伯伯的安排下,整装待发

秋缓缓地来,晨曦露珠折射阳光
悄悄地从叶子滑入田间
落入熟睡的心田
一梦醒来,秋叶落,天已凉

落叶

叶落归根，一叶知秋
片片落叶在秋风中翩翩飞舞
落地的刹那，尘埃落定
赋予稳重成熟
伤感离别的落叶
从嫩芽到叶片
历经风吹雨打

花开有期，花落有声
绿叶鲜花相携并进
一直到花谢叶枯

秋天里

落叶随风飘落,唱响秋的序曲

层林在夕阳下静静吞吐,尽情呼吸

大山张开双臂拥抱着八方旅人

翠柏　枫树　丹桂,在秋风里舒展秋韵

秋天里,我提笔临摹

在米芾唐诗中,在赵孟頫的洛神赋里

颜真卿　柳公权　王羲之　张旭

都跃跃欲试

秋天里,我翻书诵读四书五经

九章九歌唐诗宋词节选

乘势而上我请来了袁天罡

作伊后爻了一卦

卦见"上离下离"

——东方巨龙正腾飞

入秋记

携明月落叶秋风秋雨
秋悄悄地到来
麦浪滚滚，蜻蜓飞舞田间
池塘残荷回忆逝去的青春
低头不语

晨曦第一缕阳光
唤醒怀揣梦想的学子
校园的围墙边
探头探脑或攀爬的家长
不断挑战新高

夕阳拼尽全力染红半边天
一座座城市，一群群伙伴
一声声欢呼，一声声赞叹
共同演奏秋的序曲

秋分

向前一天，昼长夜短
向后一天，夜长昼短
如驹的日子在指间淌过
静悄悄的
哪怕是一滴——滴水声

走在山林，脚踩落叶
红遍夕阳的枫叶，迎着秋分
翩翩起舞，没有留念
叶落知秋，秋雨淅沥
昨夜的一场秋雨凉了大地

我知道秋分至此，离别已注定
让一切随风舞动，让凤凰涅槃
吾需起身，远赴一场归乡之旅
即使无法挽留你的步伐

叶落归根

秋分乍起片片落叶在风中起舞
有的飘落林间小道
纷飞的落叶终归尘土

秋天里,我卸下包袱,走到山林
踩着落叶迎着秋风,深呼吸——
呼出人间的不平事,吸入天地之精华

望着落叶,我想到故乡的明月
一个背着梦想的男孩,走过月圆月缺
在星月光下逐梦而行
直至两鬓斑白,叶落归根

中秋月圆

一轮明月把思念串起

一朵乌云把悲伤隐藏

月圆月缺，月牙弯弯绕五洲

星光点点耀四海

我欲升空拥抱那轮明月

把所有的思念与悲伤

统统化为灰烬

我欲摘下星辰洗濯

洗去思念与悲伤

中秋月圆，我想送上今年

乃至五千年的月饼，与月兔分享

中秋追月

礼饼爽口入味

中秋佳节里品一口月饼

我升空追月，在一千米高空

俯瞰整个融城

石竹湖环绕石竹山

龙江横跨连接宏路玉屏

政通人和百业俱兴繁荣昌盛

市区主干道错落有致

上升一万米，我远眺八闽大地

武夷山脉分割赣闽

山谷间闽江向东直抵榕城

三江口长乐机场机鸣隆隆

大福州福莆宁跃跃欲出

秋思

思念是四季赋予你的特权
片片落叶在月光下
秋风里纷飞起舞
学子离乡追逐梦想
动车站车轮碾压的声响
划破夜空

离别伤感是你的代名词
一场秋雨一场凉
有离别才会有相聚

成熟,收割喜悦
是你的幸事
花开花落,叶落归根
种豆得豆,种瓜得瓜
生生不息

重阳

重阳是首敬老的歌

歌声飞过笔架山,抵达

罗川大地

那儿的乡民正在登高远眺

展望着丰收的喜悦

重阳登高

玉融侨民在五马山顶俯瞰远方

归侨们正在月光下翩翩起舞

重阳的夜晚,微风轻拂面

教堂,敬老院里的老人

团团围着

边品尝美食,边歌金曲

回忆着儿时的模样

今又重阳念万千

岁岁重阳,今又重阳
秋高气爽,丹桂飘香

孩提,重阳登高
与发小玩伴　三五成群
结伴爬村后山
席地而坐,憧憬美好人生

学生时代,重阳登高
与同学,漫步仓山学生街
品几盅美酒
观察商机无限,畅谈家国天下
规划毕业后
风起云涌,叱咤商界

成年后又重阳
携妻女,骑行融城两馆一中心
讨论油盐酱醋,筹划着大娃、二娃
如何优秀,快乐健康成长

深秋

晨曦玉融大地的公园

晨练者迎风起舞

玉露争着见证一切，行色匆匆

顺着叶子落入田间

晚霞红遍半边天

在同一天空下

归侨们乘着微风

围在宗祠里

入戏得看"甘国宝"

月隐云间，星光璀璨

漫步万达金街

几声鞭炮声由远及近

抬头望去，五彩缤纷的烟花

又一次将夜空点燃

啊，秋天

秋天从一场雨开始
当烈日在慢慢地隐褪
当微风轻拂江面
夏日狂热渐渐地消失

啊，秋天
金黄、落叶、月饼、丹桂
丰收、离别、团圆、希望
列队上台

啊，秋天
暑去秋来，一年又一年
我喜欢你的步伐，不慢不快
处暑、出伏、露出、天凉

秋月

那一轮秋月映在长空

忽远忽近

似你的眼眸

无论我身处何方

都始终让我信心满满

秋月

从弯月到圆月

再从圆月到弯月

反复循环从未改变

亦如你对我的眷顾　从未褪去

秋月明如霜

每当我失望　气馁之时

总能给我前进的勇气

照亮我的前程

拥抱秋日

借台风刮走灼烧的太阳
赶走汗流浃背的酷夏
暴雨模糊了星辰

蝉鸣声声低吟
蛩没隐于丛间
桂花树间　鸟儿闻香而动

变异毒株打乱　秋的计划
却阻挡不了　秋的步伐
北方枫叶渐红
南方菊　静待花开
拥抱秋日　风停雨歇
让我们一起收割喜悦

月亮之上

一轮秋月

是叶子对枝干,对根的依恋

是游子对故土的深情

是儿子对母亲怀抱的向往

月亮弯弯绕九州

童年,奶奶说弯月会割耳朵

少年,老师说月有阴晴圆缺

青壮年,同事说月亮之上是奉献的青春

中年,我说热血铸忠魂

月儿圆圆不孤单

月亮之上,神舟飞天　北斗升空

月亮之上,人类探月而行

月亮之上,银河九天,宇宙和谐

落叶飘零的晚秋

蛙声渐稀　秋蝉寂寂

落叶飘零终归根

田野里　收割过后的稻草垛

堆叠成一道道亮丽的风景

闽东的村庄　小溪潺潺

一场秋雨一场凉　雨后

溪水一路高歌奔腾

火红的枫林

在彩霞映衬下熠熠生辉

落叶飘零的晚秋

片片落叶　依依不舍

落在　林间　林道

树下层层叠叠的落叶

等待漫长严冬

呼唤春天的到来

没有雪的冬天

没有雪的冬天
我可以在被窝里
听窗外风声呼啸
可以躺在床上
静静地看书，任思绪翻涌

我可以铺开宣纸
临摹张王行草，闻闻笔墨书香
歇时到后门楼道，倾听冬蛩互闹

我可以在被窝里
听女儿鼾声阵阵
可以读几首春天的诗
静静地守候
小草发芽，春暖花开

冬至

在几声鞭炮声中
热乎乎的汤圆
唤醒了熟睡的人们
在冬季一个重要的节气里
身披厚衣的侨民
忙着备置年货

月光下,小区的猫儿
探头探脑
在寒风中寻找美食
我碎步,跟随时
它却已无影踪

星光下
人们,渐入梦乡
运动的动植物
正抵御严寒
迎接新春的祝福

小雪

狂风包夹着枯叶

肆虐大地，挤进门缝

穿透窗帘

屋外几声车鸣声

划破寂夜消失在

冰冷的长街

河流放慢脚步，迎来

一轮明月倒映水中

窗外，电线杆上

路灯发出

淡淡的灯光

伴随几声犬吠

和着舍友入眠的鼾声

此起彼伏

大雪

大雪不见雪

入冬不似冬

直至长驱而下的冷空气

携狂风、冬雨

敲窗

手套围巾上阵的行人

快步匆匆

雨过天晴

午后暖阳高照

玉融侨民争着,取暖

并排述说着

经济百强县市的辉煌

洋溢着

提前步入

全面小康生活的喜悦

明月

镶嵌夜空

几颗星星,点缀左右

闪烁着

不甘寂寞的眼睛

冬天来了，春天还会远吗

凛冽寒风拂过八闽
河流放慢节奏
星辰散布夜空
月如玉，照耀大地

晨曦下
清洁工人开始忙碌工作
几只猫儿蹦跳于垃圾桶周围
寻找美味

冬日午后，乡亲们
并排取暖，三五成群
近处传来孩童笑声
议论着如何打理
压岁钱

日记

可以把开心快乐，写进去
也把月亮星星，写进去
把财富事业，写进去

翻开，痛苦就被稀释
当乌云密布时，失意落魄时
一个港湾收纳瑟缩发抖的躯体

打篮球、唱歌、跳舞、游泳、跑步
讨论人生，追寻梦想

偶得

春日暖阳,午后气温到了二十度
嫩柳舒身,一袭倒影
村口的松树又绿了一回
细数那些陈年旧事

一个人沉默地走进书房
写到柳暗花明
也看到了彼时的陶渊明

路过那个村庄

路过那个村庄
我追赶星星与月亮
往日的欢笑荡漾在田间稻穗

风里来雨里去
填满沧桑、皱纹、白发
我已无路可逃
只有向着太阳奔跑

当我驻足凝视
——路过的那个村庄
或许我已年逾古稀

我还写诗,诗中
幢幢别墅里到处
洋溢着幸福的喜悦

醉了夕阳

拍拍尘埃
牵女儿的手走进春天
登山远眺,看步履轻盈的春天
河流欢快,山林绿意葱茏

不远处,鸟鸣喳喳,燕子点缀青天
微风拂过层层叠翠的森林
夕阳西下,一轮太阳红遍半边天

池塘,蛙鸣奏响高低音,梧桐摆身
小黄狗,小花猫戏蝶跃跃
醉了我,也醉了夕阳

拥抱石竹山

放下负担,放下疾病
带上快乐,带上饥饿
尽情享受美食的诱惑
尽情体验大自然的馈赠

让清风拂过脸颊
让清新空气洗涤肺部
让女儿尽情地与蚂蚁交友
尽情地享受日光浴

迎阶而上,鸟儿欢唱
远望石竹湖,静静地吞吐一切
石竹山压低身姿
迎接八方旅人
拥抱石竹山
拥抱那冬日里的暖阳

哦，老君山

哦，老君山
信息时代的汽车把我搬到你的脚下
让我与你同在，与你同呼吸
让我跨越两千多年
向归隐山中的老子顶礼膜拜

哦，老君山
你那挺拔的山峰，袅袅升起的云烟
把我抛入九霄，让我忘却烦恼

哦，老君山
你那巍峨的山峦把中原大地捧出
你用那美丽的身姿把老子呼来
老君山啊，老君山
我想与你相拥
一起拥抱，一起修行
一起把《道德经》研习

本能

我撕开猫粮的瞬间，抖动粮袋
一旁的喵喵，舞动全身

多日未回家，在灯下
我手影从鱼缸上方闪过
那鱼儿啊，聚在一起
纷纷挤到水面

春天的小草，破土而出
正如向日葵花向着太阳
是一种本能，无怨无悔

老家门前的板栗树

三十几年前

老家门前的板栗树

静静俯视远方

不远处的稻草垛旁

儿童结伴欢呼追逐

近处双向柏油马路

在青山之绿水中延伸

偶尔几声车鸣划过长空

而今板栗树已被连排别墅侵占

双向六车道公路,点缀着人车与村庄

村对面笔架山上一座天桥,横跨大山

也把那棵板栗树狠狠甩下

正如那潺潺的流水,自西向东

体检

拉开手臂,放松放松
任血液循环到采样瓶
张开嘴,吹气吹气
赶跑幽门螺杆菌

禁食禁水,戴着口罩
任由医生摆布
从 201,202 直至 220
走完流程后
我长叹一口气
心里仍默念佛陀的名字

摘下眼镜

摘下眼镜，摘下一身的疲惫
漫步小区，聆听心灵的呼唤
让月光洗去尘世的喧嚣
让眼镜带走善恶美丑与黑白是非

静静地漫步小区
感受恰似温柔的微风从指间拂过
放空心灵，尽情享受
小区孩童嬉戏的喜悦

摘下眼镜，摘下伪装
抛开俗世的烦恼
与绿树同呼吸，与小草同成长
望星空点点，坐等月圆月缺

喝茶

把生活的重担
全部泡入茶里
烧水、加热、煮沸、蒸发
让不如意的生活走入茶饮

品一品肉桂、水仙、铁观音
层层剥离五脏六腑的毒素和忧郁

喝茶，茶多酚有意无意地
驱赶两鬓升起的白发
还原一个最初的肉身

劳动者之歌

农民伯伯汗滴禾下土
是我对劳动人民的初映象
教师在三尺讲台传授知识
那是学生的印记

战场中
那冲锋陷阵的战士
那战死沙场的将军
是时代赋予的神圣使命

抗疫一线中
那身着白衣的天使
与死神赛跑
那藏在隔离服下的思念
化作战疫必胜的信心

士农工商
领袖指挥调度,农民开荒种地
工人打桩,商人买卖
共同谱写一首首劳动者之歌

戒指

爱情的信物
铜的，你也会欣喜若狂

新婚时我买了一枚18K戒指给你
一晃十年却忽然在我们的世界走失

我狠下心来买了一枚钻戒
心里念叨着
钱生不带来死不带去

回家路上妻子
偷偷对我说
再过十年给她买枚更大的钻戒
我笑着用力地点了点头

桃子

妻买了几斤桃子
看上去鲜嫩爽口

我抓了一只熟透的
塞进嘴里

一口下去识破了光鲜的表皮
有半条蛀虫
用贪婪的躯体
把我们隔在两个世界

鱼缸里的鱼

鱼缸里的鱼
在生死间一次次的轮回

买鱼,换鱼
大小品种几乎都差不多
而它们游着游着就死了

又买了八只小的两只大的
忽然发现
鱼儿活蹦乱跳像似入住新居

女儿忙对着鱼儿努努嘴说
鱼儿鱼儿慢慢吃慢点吃
幸福的家庭欢迎你们

致童年朋友

张三在一次车祸中伤残
妻儿抛下他,他用剩下的单只眼睛
静静地远眺远方
用前半生学到的手艺维持生活
偶尔酒后忆往昔

李四自幼酷爱绘画
成为知名装潢设计师
在老家修建了庭院,不常住
多年未见,据耳闻,常奔波

王五、马六
常回乡的人呢?上班
他们当中有教师、警察、商民、小吏
偶尔感叹人生,感叹世事

童年朋友啊,我在不远不近的地方
与诗歌为伍,只害怕光阴流逝得太快
偶携妻女回村
看看村庄,看看那越来越窄的溪流
还有被高速公路腰斩的笔架山

乡愁

奶奶的眼眸里闪过的期待是乡愁
拄着拐杖的爷爷,挥手的姿态
把乡愁定格

老家的方言编织出美好的音谱
奶奶炒的花生米的味道
点燃孙儿的思念

三五好友小聚后
狂饿狂吃的激情
乡愁哦,是那月光洒下的孤独

流年

第一根白发冒出头皮

我唏嘘不已

两鬓斑白后

我走进章光 101

第一次篮球运动受伤

我鄙视伤口，半月板损伤后

我与泳池深情相拥

恋爱的时候

距离不是距离

而今，距离

已成为拒绝返乡的借口

流年啊流年

天气预报

利用一利用二
采集数据预报天气
风多雨急　雷鸣电闪
地动山摇　惊天动地

想要预见龙王
在什么地方布雨多少
必须得深入龙宫洞拜访
犹如诸葛先生草船借箭

该来的还是会来
山雨欲来风满楼
我喜欢回到北京山顶洞穴
日出而作日落而息

标本

初中生物课
老师,从北京元谋人
讲到山顶洞人
从洋葱表皮细胞
讲到标本
当我看到蝴蝶标本
既欣喜又伤感

从枫叶标本到动植物,生物,万物
从试验室标本到人类飞天
标本五花八门

我佩服第一个吃螃蟹的人
神农氏尝百草,子鼠开天
道生一　一生二
二生三　三生万物

故乡的夜空

十多年前天天看你
看不出味道
十多年后你挽留我
驻足凝视
我匆匆抬头,细数星光点点

华灯初上,已走的人
已羽化成天上的星星
眨着眼睛,俯瞰罗源湾
或近或远,或明或暗
为我探路,为我加油

年

红色是年的味道

霓虹灯下街边红红的中国结

红灯笼　红地毯　红对联

年是

天寒地冻里的一股暖流

热乎乎的汤圆

诉说着相逢的喜悦

来自四海五洲的亲人们

喜上眉梢　互诉衷肠

围在热气腾腾的火锅前

年在游子的归途中

在机场　动车　汽车里

年在酒杯觥筹交错中

在父母　兄弟姐妹　宾朋

声声祝福语中展开

年

年复一年

在礼尚往来

在故乡的袅袅炊烟里

一次次的升华

斑马线

豆蔻年华的三八线
记忆犹新
在矛与盾　规与矩中
事物不断裂变

斑马线上
演绎着
安全你我他的故事
从否认之否定
到量变到质变

哪天
斑马线淡出人们生活
我们就迎来
新纪元

鸟儿

天高地厚任翱翔

烈日或栖树上，漆夜或居林中

大雨滂沱寄于檐下

春夏鸟儿欢唱百鸟争鸣

秋冬鸟儿低鸣形单影只

忽然，枪声响起

打破了平静，鸟儿各奔西东

枪声过后一切如故

只剩下散落一地的荒凉和孤寂

哦，福清

哦，福清
开拓创新，拼搏争光之城
百万侨胞，遍布五洲
融商身影　无处不在
可歌可泣的创业故事
激励着一代又一代
新福清人

哦，福清
三十年弹指一瞬间
那荒无人烟的西区
已是人潮涌动
福和大道、清昌大道
车水马龙
万达广场、好又多超市
人潮涌动

哦，福清
石竹山栈道　玉融山公园
锻炼的人们
昂首阔步，欢声笑语
两馆一中心，舞者婷婷
玉屏街道道源堂、渔溪黄檗寺、海口弥勒岩
基督教徒，礼佛者信步其间

哦，福清

江阴、融侨、元洪开发区

招商引资，如火如荼

福耀玻璃、冠捷电子、祥兴箱包

闻名遐迩

哦，福清

全面小康吹起了号角

美梦开始的地方

日落炊烟里

炊烟袅袅，鱼戏河间

林间小道，笑童歌声飞扬

日落炊烟里，晚霞红遍半边天

载着童年的回忆

向我款款而来

机鸣隆隆，缸鱼觅食

小区滑滑梯边，女儿欢呼声，此起彼伏

灯下玉融大地，高楼林立

偶尔，建筑工地的打桩声

划过寂夜

把美梦，惊醒

奶奶

（一）

小时候在乡村的农舍里

爷爷还年轻

那时的山，那时的水

可谓是山清水秀

爷爷上山砍柴开荒

奶奶下地拔草养兔

男耕女织，其乐融融

然，人有旦夕祸福

那一年，奶奶哭红了双眼

本来营养不良的她

从那时起开始素食

至今二十多年从未间断

奶奶说要皈依佛门

以祈愿家人平安

（二）

奶奶常说吃亏是福

少时我不懂

渐渐地离她越来越远的时候

我才明白了其中的真谛

（三）

年越来越近了

凯风日南

喜欢奶奶炒的花生米味道

还有那慈祥的笑容

家已是儿孙满堂

或求职海外,或旅居异乡

在凤城一居室

可依稀看到一个老者

有些痴呆

或坐在床檐或拄着拐杖

盼望子孙们归来

七一我想对党说

儿童时代
党是给我温暖
是给我衣食抚育我成长的人

学生时代
党是我心里中的一盏明灯
引领着我前行
教我,好好学习、天天向上
育我,茁壮成长、力争上游

工作后
党是那冲锋陷阵在一线
是在那急难,危重时候
出现的那个身影
并成为我为之奋斗的标杆

党啊
今天是您的生日
九十九年前
在嘉兴南湖上的小舟里
您诞生了
无数的英雄前赴后继
历经风雨

党啊

今夜我想为你写一首诗

书写您的伟大

讴歌您的光辉

在您的带领下

人间远离硝烟,永远太平

世界大同,人民幸福

儿童节忆童年

1.

上世纪八十年代

我记忆中的童年

吃饭是个问题穿亦是

住的是木瓦房

已是上等待遇

自行车、洗衣机、缝纫机

算是奢侈

但玩泥巴、弹珠、看小人书、跳皮筋

却不亦乐乎

2.

女儿的儿童节

丰盛、快乐,多姿多彩

美食、玩具,吃喝玩乐

女儿说她的未来

要成为画家

要与机器人比智慧

比情商、比创新

要设计并建设一座城堡

石竹山

中国的梦乡
石竹湖畔与你见面的时光
总是那么的欢愉却短暂

初一十五
道教之声缭绕
俊男靓女
梦想成真欢闹

春夏秋冬
你始终如一
用博大的胸怀
迎接八方来客

斗转星移
有客欢喜有客忧
缘来缘去，道法自然

山不在高，有仙则名
石竹山美梦开始的地方

明月我想对你说

南方盛夏，深夜静悄悄

石竹山下，交通公安治超站里

清风明月

蝉鸣声此起彼伏

仿佛谱写着一曲

交通执法之歌

黑暗中，警灯闪闪

那是，交通公安执法人员

辛勤劳动的身影

十多年如一日，没有白天黑夜

站门口的小树现已枝繁叶茂

有人顺利退休了

那是多么的美好

而有人却在人生旅途中

与家人中途，阴阳两隔

今夜仰望星空

明月我想对你说

岁月静好愿你我安康

泥土的味道

金木水火土，土居中称之为地
地势坤　君子以厚德载物
广袤的大地　承载着万物
从古至今，人们在大地上男耕女织
生生不息　从未间断

孩提，盛夏里
在故乡的那棵榕树下
三五好友在玩老鹰捉小鸡
汗流浃背时身上
和着那乡村，泥土的味道
至今仍让我梦牵魂绕

成年后总是行色匆匆
睡梦中，那泥土的味道
总伴着我，跋山涉水
年复一年，日复一日
它让我坚忍　自信　自立　自强
它让我成长　成熟
直至落叶归根

花开花谢

未成家那会儿
你是家里的掌上明珠
成立新家后
你是围着二娃旁一起看佩奇的人

你是半边天
安排油盐酱醋恰到好处
大娃兴风作浪
家里乌云蔽日之时
总能巧施妙计
让一切平静如水

有你在,我可以
静看一切风起云涌
坐看窗外花开花谢

童年

是在那村舍

四合小院里弹珠，躲猫猫

在稻田的稻梗垛四周赛跑

在金黄的稻田里翻滚

童年

是在父母的追赶声中

偷偷摸摸下河池戏水

在杨梅成熟季学猫上树

在枇杷果子青黄不接的时候

在叔公的叫骂声中

一边吃着酸甜枇杷

一边逃往田林深处

致交通执法人

南方深夜,静悄悄
人们已酣然入梦
偶尔几声车鸣
从耳边呼啸而过

在蜿蜒起伏的 324 国道上
交通治超站的执法人员
正驱车缓缓而行
为了心中的梦想

十几年如一日
他们奉献了青春年华
足迹遍布了辖区道路
各个角落

他们是
公路的守护神
早出晚归,披星戴月
因为那是
一份坚守,一份执着
不管刮风下雨,春夏秋冬

致脱贫攻坚上的交通人

那是一个划破时代的印记
一个也不拉下
多么坚定的言语
全面小康在神州大地
吹响了号角
多么温暖的风
风吹遍八闽
风吹响了玉融大地
风温暖着,偏远乡村的出行民众

脱贫攻坚
村村通客车
杜绝通返不通
为了这个目标兜底完成
交通人,又一次扬帆起航
多少个日夜,风雨兼程
排查、走访、调查、讨论、座谈
方案几经商讨
座谈会几番争论

从抗疫情的全员上阵
到村村通的齐参与
哦,交通人
我们无比的自豪快乐
因为我们始终践行着

全心全意为人民服务的宗旨

践行着人民至上的初心

我们奉献，我们无悔

路

人走着走着就成了路

车到山前必有路

路从无到有

从沙土路到水泥路

再到沥青路

路在不断地延伸

一代代公路人

无私奉献

交通公路建设者马不停蹄

交通执法人员夜以继日

今夜繁星点点君无眠

条条大路通罗马

望着前路

我看见了又一条康庄大道

正通往心灵的深处

仙乐童声

盛夏，玉融大地骄阳似火
行人快步匆匆，汗如雨下
隔着墙驻足聆听那
忽远忽近的仙乐童声

童声袅袅
让我如痴如醉
从侨乡少儿合唱团
教室中溢出沁人心脾

童声唱出了欢乐
唱出了幸福，传遍祖国
响彻世界

为了这美妙听觉盛宴
多少个日夜
侨少合唱团成员
默默奉献
指挥、钢琴手、歌唱专家、歌唱者
齐心协力共鸣和谐仙乐

一纸月色

一纸月色,把思念打包
我把三十多年的全家福
搬到月下
一一地与各位亲人凝视

借一纸月色,我把
今天实现的梦想
写进诗中,向全家福的亲人
送上最诚挚的祝福

借一纸月色,我向逝去的亲人
深深地三鞠躬
一鞠躬,感谢苦难造就了今天的我
二鞠躬,感谢你们的缺失成就了圆满
三鞠躬,感谢你们让我勇攀高峰

方圆

生者说，平安两字值千金

生命的力量无穷尽

欣赏赞扬种子的力量

悟空出世石破天惊

因为生所以荣

坚持、毅力、顽强、拼搏

这是对生者，勉励与态度

佛说因果轮回

佛修来世，道修今生

孟子说人性本善

耶稣说神爱世人

如此种种，只逝者明白

于是生者说，限制产生自由

规矩成就方圆

人过留名，雁过留声

人争一口气，佛受一炉香

逝者如斯，往事如烟

生者说，人生没有过不去的坎

葫芦、福禄、糊涂

人生难得糊涂

借力

我要借力
向老子借力，学习易经文化
学习《道德经》的智慧
我要借力
向马克思借力，学习马列主义
用辩证唯物主义指导实践
我要借力，向李杜借力
学习诗学的经典
领略诗词之巅的魅力

我要借力
借出宇宙的力量
借出种子的力量

我要借力，借以增强财富的配得感
我要借力，用以发扬无我利他之道
让慈善循环，财富源源不断

凯风自南

与诗为伍的日子
我可以与神,与佛陀对话
我可以与柏拉图交流爱情无上
我可以与达尔文交流进化论

与诗为伍的日子
我可以与孔子交流儒家文化
我与逝去的亲人重温美好时刻
与他们回味快乐童年
牵手田间地头
寻找春夏秋冬的风景

与诗为伍的日子
我会找一处田地
观清风明月,品惠风和畅
感受凯风自南,孝行天下

动车

午休后，怀着愉悦的心情
又一次踏上了返乡动车
列车飞驰

车窗外，榕城郊县美景
尽收眼底
高楼、田地、闽江、青州大桥
青芝山、笔架山、罗源湾滨海新城

孩提时，从这村到那村
成年后，渐渐地从这城
到那城，从新家到老家

不历经风雨怎么见彩虹
一路走来，变得是心情，变得是时间
然而不变的却是那肥沃的乡土
散发出的乡村泥土的气息

致友人彭兄

一通电话将你我阴阳两隔
一声问候等到的却是遥遥无期
今夜圆月非圆，星光不再灿烂
云层愈发低沉，蝉鸣声声无力

那张树下合影
今夜似一把匕首
把昨日的欢笑割裂
切成滴滴泪水

朋友，走好
天堂里没有病痛
让我，最后再喊你一声彭兄
在未来的日子里
请让我继续为你写诗
带上你到重庆写上
一首友谊长存之诗

朋友

一生一世的陪伴

君子之交淡如水

小人之交甘若醴

酒逢知己千杯少

朋友

一生三两个足矣

多了无味，少了无神

朋友，那是

一份牵挂，一份执着

一份道同，一面镜子

朋友，友谊之花

淡淡的清香

让我，久久的思念

久久的期盼

朋友虽不常联络

只要有心，虽远隔重洋也

心有灵犀，朋友你还好吗

我喜欢

我喜欢,在寒冷的冬天里
喝一杯白酒,静静地倾听心脏跳动
我喜欢,在酷热难耐的夏天
在溪水里,与鱼儿比速度

我喜欢与娃娃比划语言
我喜欢与年逾古稀之友,下象棋
倾听棋子落子的瞬间

我喜欢黎明前的黑暗
喜欢唐僧取经
九九八十一难里最后的一难

当我老了

当我老了
我会邀几位文友
在故乡的落日余晖中
举棋见胜负　烹茶忆往昔

当我老了
我会试着轻敲书法之门
研习羲之之道
养养鱼　散散步

当我老了，我会携手老伴
一起走出国门，周游世界
看鲜红的五星红旗
在异国迎风飘扬

我的家

爸爸

我的爸爸喜欢诗歌
喜欢读、喜欢写
在诗中,他会拜李杜为师
在睡梦中,我会见到爸爸读诗
——飞流直下三千尺　疑是银河落九天

妈妈

妈妈是个英语老师
热爱教书、喜欢学生
在家里,她会把字母安排妥妥
通过小爱,通过图片
让我慢慢地爱上英语

姐姐

姐姐是大姐大
脾气,比爸爸大,比妈妈大
一句话,妈妈一分钟赶到
姐姐爱学习
她可以把书装在肚子里
随时阅读

我

我是家里的小宝贝

凯风日南

我会演讲，会画画
我会唱歌把舞跳，看我折起被子来
手脚并用速度快，我是超级宝贝
我爱我的家

稻草人

英明的农民发明你

稻草人立于田间、田埂

看到小鸟啄食玉米

稻草人岿然不动

一阵风起,稻草人摆动手臂

鸟儿如惊弓之鸟,一跃而起

消失在田野

隐入尘烟

隐入尘烟，携手妻女
徒步翻山　在山林中
栽果　种花　看日出日落

与大山为伴
打开月光，照亮远路
披荆斩棘，开荒种地
徜徉在大地的怀抱里
用现在的科技把大山雕琢

在太空中遨游
追星追月，乘风而上
在四维空间里畅游

背影

每日清晨踏着快步

我与二娃惜别

远远地与二娃挥手致意

猛一回眸　对方背影

已然模糊

每次回老家　短聚之后

我与爷爷亦不免依依惜别

近处爷爷拄着拐杖

口里念叨着　慢点慢点

他伫立风中　望着我的背影

渐行渐远

不久的将来

我也将拄着拐杖

惜别

——我的儿孙

心里也念叨着，平安平安

直至那背影

渐渐模糊

望故乡

二十多年前，我离开故乡
背负行囊，脚踩着梦想与远方
行走在异乡的云朵下
与一群志同友人，上刀山下火海
振臂高呼，友谊万岁

不一样的天空，不一样的烟火
爷爷抽旱烟的姿态，奶奶慈祥的笑容
始终激励着我
让我向上、向善的奔跑
尽管游历过沧海桑田与人生的无常

围着故乡的支点
我始终跑不出村庄的故事
而今，笔架山那横穿的高速公路
是否仍然繁忙
高速公路高架桥下的桃花、油菜花
是否还在年年开放？

榜样的力量

岳母出生富足的地主家庭
排行最小,受宠爱颇多
信神的她相信爱情
年轻时的她毅然选择了
人民的子弟兵,我的岳父

神与爱情终究没有让她失望
岳父始终如一地守护着这位公主
我结婚时,岳母对我与爱人说
——你们长大了
她还说长辈要树立榜样的力量
十多年来,我始终记住这句话
并铭记于心,不久的将来
我也要与我的女儿与女婿说

二娃

1. 赞叹

赞叹——
生命的神奇
星星与月亮把你
送到了我的身边

七年光阴
你轻轻地带来了幸福
让我年轻了十岁
似乎我的两鬓不再斑白

2. 玩具

亲爱的宝贝
玩具是你的爸爸
你的妈妈，你的宝宝

可以让你飞翔太空
可以带你勇闯迷宫
可以让你飞跃城墙
可以让你飞回母亲的怀抱

3. 小天才手表

你的贴身保镖
可以让千里之外的父亲

装上千里眼，顺风耳

小天才手表
是你的收音机与故事机
可以吸收你的快乐与泪水
可以倾听你的故事与汗水

4. 画画

用树叶画蓝天白云
用颜色点缀眼睛
用水笔勾勒人生

你把最珍贵画的画
送给了爸爸，也把爸爸
拉回了童年

烟雨中的记忆
——清明忆家严

拨开烟雨蒙蒙的纱巾
又一次见到你竣秀的脸颊
那是一份从容的自信
那是一个父亲的担当
那是一个孝子的情怀
一条扁担，身挑责任与使命
一双巧手，学遍农技与木艺
一双长腿，跑遍地头与山间

劈柴烧火，上山下地
种菜种瓜，插秧割稻
张罗乡事，随处可闻
您与爷爷并肩前行的背景
与脚踩稻谷机的声音
至今仍是那么的熟悉与令人振奋

我为香港写首诗
——东方之珠

你从南方走来
背靠祖国河山,面向世界
一条香江孕育着近千万同胞
一千多平方公里的土地
你在十四亿同胞的期待中
重回母亲的怀抱

你在幸福中成长、成熟
面朝大海,环视商海潮涌
二十五年,见证全球经济风向
一国两制,星月见证

港珠澳大桥正倾听南粤与祖国的心跳
你与母亲同呼吸共命运
哦,东方之珠,我梦中的女神
让我揭开你神秘的面纱
再次拥抱着你,永远地入怀

也谈人生

人撇捺之间
眼睛一张一合
手一抓一放

人生如梦童年易逝
顺境如白驹过隙
逆境则暗无天日
因此心态决定一切

有人说人生就像
是一趟旅行
从呱呱坠地到归于尘土
转眼即逝
因此生命在于奉献
在于付出
行善积德厚德载物
知行合一功德圆满

书法

一撇楷书，彰显结构
一捺行书，书写章法
划字功力，十年功夫
横竖撇捺，力透纸背
泼墨挥毫，穿越千年

铺开宣纸，提笔
我与柳公权、颜真卿
探讨玄秘塔，多宝塔
柳骨颜筋楷书艺成
先生点头示意

楷书走路，行书疾驰
米芾、王羲之、张旭
共同写下，人类大同

祖房

祖房与新房隔着念想与梦想
祖房与新房隔着童年与中年
出生于此,归根如斯
梦中常有,思之切切

祖房的故事不长不短
大爷爷　爷爷　父亲　我
大爷爷武教头　爷爷生产队长
父亲修行者　我——诗想者

祖房不大,却可以容下众亲
有贡献的、无贡献的
祖房不小,却可以穿越时空
让众亲不远千里
祖房不老,静静地
静静地伫立于风中

老家

似乎,一脚油门
就可以抵达老家
似乎,一个电话
就可以见到爹妈
但是,电话
越来越少
回家越来越少
我和老家之间
相隔着一首歌谣

故乡的那一枚红叶

故乡罗川凤山

西门大街的石板路

从东向西延伸

清晨石板路边

商户的吆喝声,不绝于耳

秋日的夜晚

微风吹拂,月上枝头

闽东的村舍

村民们,围在万元户的家里

入迷地看封神榜

童年的我则独居一隅

看我的课本,课本中夹着

故乡那一枚红叶

一直陪伴着我

后　　记

学无止境一生求，术有专攻终世悟

　　诗集《凯风自南》书名，出自"先秦·《诗经·邶风·凯风》"中的诗句，该诗一说是赞美孝子后常以指代感念母恩的孝心，古人云"百善孝为先"，孝为立家之本，这本诗集中孝也是其中的一个线索，里面有写了许多人物诗，如爷爷、奶奶、父亲、母亲等，以上这些亦为本人出此书的初衷之一。

　　2020年5月，我出版了第一本诗集《原点》，时隔3年这第二本诗集也即将付梓，这确实是意料之外，但又是预料之中的事，因为事物都是在矛盾中发展变化。《凯风自南》诗集，收录了本人从2018年至2023年上半年近5年时间里的140首现代诗。这些诗稿作者整理了近半年，分散在手机备忘录与电脑里，目的有二：一个是积累沉淀，一个是总结提升，这是出版这部诗集的第二个理由。

　　初中时代，我就有记日记的习惯，并坚持至今（后来改写备忘录），参加工作后由于长期从事文字工作（其中从事信息员5年），这些都触发了我对文字的热爱。2008年我在《福建公路》双月刊第3期，发表了第一篇散文《我的公路情结》，这是本人对散文写作的有益探索。2016年下半年，一次偶然机会我认识了美篇《墨香阁》阁主"静默如初"，她将我带入到了古韵诗词的海洋。慢慢地学习，慢慢地进步，随着圈子慢慢打开，我通过文学平台认识了许多五湖四海的朋友，包括梁婵老师、山林老师、我是圆的、老道士、千百渡、兰馨月儿、芙蓉君、马蒂尔、楠枫、一间哈等。我从他们身上我学到写作技巧的同时，更重要的是在与他们交往时学到了：如何为人处事、如何勇于担当、如何拥有宽广的胸襟与博大的胸怀。所有的这些，都是我在未来的人生旅程中的财富。最后要感谢诗歌，创新变化与情感是诗歌的生命与灵魂，这是很多人喜欢的诗歌的理由，诗学无止境，希望在有生之年我能写出更多的佳句，并能够在诗学海洋里勇攀高峰。

　　学无止境一生求，术有专攻终世悟。我们应该树立终身学习的理念，做一个喜欢学习的人。至今我还记得一位老师的毕业赠言"处处留心皆学问，良好心态面对人生"。人生路漫漫，且以此句话与各位读者共勉，同时祝愿大家在人生路上披荆斩棘，一帆风顺。

作者于融城

2023.05.01

图书在版编目(CIP)数据

凯风自南/张孟楷著.－福州:海峡文艺出版社,2023.8
ISBN 978-7-5550-3395-0

Ⅰ.①凯… Ⅱ.①张… Ⅲ.①诗集－中国－当代 Ⅳ.①I227

中国国家版本馆CIP数据核字(2023)第138785号

凯风自南

张孟楷　著

出 版 人	林　滨
责任编辑	刘徐霖
出版发行	海峡文艺出版社
经　　销	福建新华发行(集团)有限责任公司
社　　址	福州市东水路76号14层
发 行 部	0591－87536797
印　　刷	福州凯达印务有限公司
地　　址	福州市金山红江路2号浦上工业园B区47号楼
开　　本	720毫米×1010毫米　1/16
字　　数	230千字
印　　张	9.5　　　　　　　　　　　　插页　4
版　　次	2023年8月第1版
印　　次	2023年8月第1次印刷
书　　号	ISBN 978-7-5550-3395-0
定　　价	68.00元

如发现印装质量问题,请寄承印厂调换